JOYEUX NOËL
MONSIEUR BARDIN!

JOYEUX NOËL
MONSIEUR BARDIN !

un roman écrit par Pierre Filion
illustré par Stéphane Poulin

SOULIÈRES | ÉDITEUR

case postale 36563 — 598, rue Victoria,
Saint-Lambert, Québec J4P 3S8

Soulières éditeur remercie le Conseil des Arts du Canada et
la SODEC de l'aide accordée à son programme de publica-
tion et reconnaît l'aide financière du gouvernement du
Canada par l'entremise du Programme d'Aide au
Développement de l'Industrie de l'Édition (PADIÉ) pour ses
activités d'édition. Soulières éditeur bénéficie également du
Programme de crédit d'impôt pour l'édition de livres –
Gestion Sodec – du gouvernement du Québec.

Dépôt légal : 2002
Bibliothèque nationale du Canada
Bibliothèque nationale du Québec

Données de catalogage avant publication (Canada)

Filion, Pierre

    Joyeux Noël monsieur Bardin !
    (Collection Ma petite vache a mal aux pattes ; 41)

    Pour les jeunes de 6 ans et plus.

    ISBN 2-922225-74-7

    I. Poulin, Stéphane. II. Titre. III. Collection.

PS8561.I53J69 2002   jC843' .54   C2002-940856-3
PS9561.I53J69 2002
PZ23.F54Jo 2002

Conception graphique de la couverture :
Annie Pencrec'h

Logo de la collection :
Caroline Merola

Au bon chien Lucky
qui court plus vite que son ombre

1

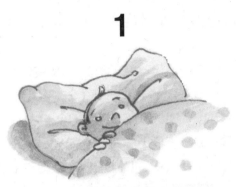

Au petit jour
du grand jour

Je m'étais réveillé de trrrrrès bonne heure. Avant mon chien Lucky. Avant mes parents et ma soeur. Avant que les étoiles disparaissent dans le ciel de ma chambre.

En m'étirant les orteils au bout de mon lit, je me suis dit : enfin le grand jour… le 25 décembre… ce Noël-là ne sera pas comme les autres, je le sens…

Monsieur Bardin avait proposé de fêter Noël à l'école. Tous avaient trouvé son idée géniale. *Full* géniale, avait dit ma cousine Anne-Sophie qui parle aussi bien anglais que français.

Notre directeur avait qualifié le projet de tttttrès-très-très-très-très-très-très spécial. Avant de donner son accord, il voulait que nos parents acceptent l'idée de monsieur Bardin.

HO! HO! HO!

Pour le rassurer, monsieur-Bardin-que-rien-n'arrête-et-qui-n'a-pas-la-langue-dans-sa-poche leur avait envoyé une petite lettre :

Chers parents,

Vos enfants seraient fous fous fous de joie s'ils pouvaient venir à l'école le matin de Noël, de neuf heures à midi. C'est mon premier Noël en Amérique et je voudrais le fêter avec eux. Inutile de les accompagner, le père Noël ne veut pas vous voir ! HO ! HO ! HO !

Tous les parents avaient dit oui et le directeur avait donné son accord officiel.

Mes parents avaient rigolé en lisant la lettre. Selon eux, aucun professeur, dans aucune école du monde, n'avait jamais eu l'idée de fêter Noël dans une classe ! « Sacré Bardin, va ! » avait dit mon père.

Dès qu'il a entendu mes orteils craquer, Lucky s'est réveillé. Il est venu me dire bonjour et se faire gratter les oreilles. Mes orteils et ses oreilles sont de grands amis!

—Joyeux Noël, Lucky!

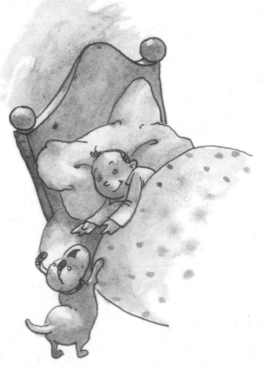

2

L'homme invisible

Par la fenêtre du salon, j'ai vu
monsieur Bardin déverrouiller la
porte de l'école à huit heures et
cinquante minutes. La dernière
tempête avait monté les bancs
de neige à la hauteur des fenê-
tres de notre classe. Tout était
blanc comme au pôle Nord.

Je me suis habillé en qua-
trième vitesse et j'ai traversé la
rue comme une balle, avec
Lucky, à huit heures cinquante-
trois.

L'école était chaude comme
une tarte aux pommes qui sort
du four. Humm! Humm! Et ça
sentait bon la dinde dans les
corridors. Lucky dansait de bonheur.

Monsieur Bardin avait obtenu de ma mère sa recette secrète de dinde de Frelighsburg. « Un régal en toute saison », dit mon père ! Une recette cinq étoiles.

J'ai déposé mon manteau et mes bottes dans mon casier et j'ai couru jusqu'à notre classe avec ma tuque, mes mitaines et mon foulard. Monsieur Bardin nous avait demandé de les apporter en classe.

—Si jamais nous décidons d'aller au pôle Nord ensemble…

La porte était ouverte et je suis entré en criant : « Joyeux Noël monsieur Bardin ! Joyeux Noël ! »

Surprise ! Surprise ! Il n'y avait personne.

Où était-il donc passé ? Encore un autre mystère et boule de gomme !

Nous avions décoré la classe avant de partir en vacances. Dans la crèche, nous avions déposé la tarentule, le petit lézard et le hamster.

Monsieur Bardin avait ajouté vingt-six anges dans le sapin de Noël. Chacun portait le nom d'un élève de la classe. Le mien était juché sur la plus haute branche, à côté de celui de mon adorable couzzzzzine, *full* adorable.

Le grand tableau noir était devenu blanc comme neige. Monsieur Bardin avait dessiné un paysage d'hiver éblouissant. Dans un coin, Lucky sautait de joie pour attraper les flocons.

Sur le dossier de toutes les chaises, monsieur Bardin avait enfilé un t-shirt sur lequel il avait cousu une grosse lettre de l'alphabet. Toutes les lettres étaient là: nous étions 26 élèves. Je n'ai pas été surpris de lire sur mon chandail la lettre Y. Y à cause de mon chien LuckY?

Mes amis sont arrivés en courant. Comme moi, ils étaient surpris de ne pas voir monsieur Bardin.

—Il nous a encore joué un tour à sa manière.

—Il est sûrement caché quelque part dans la classe.

—Il va être neuf heures dans une minute : il va apparaître.

Nous avons fait le tour des cachettes possibles dans la classe :

Derrière la porte ? Non.

Dans les tiroirs du pupitre ? Non.

Dans l'arbre de Noël ? Non.

Dans la crèche, avec la tarentule ? NON NON NON !

3

Papillon royal

À neuf heures pile, nous avons entendu trois énormes HO-HO-HO! HO-HO-HO! HO-HO-HO! Personne ne savait d'où venait la voix.

Depuis le mois de septembre, nous étions habitués aux surprises de monsieur Bardin. Le matin de l'Halloween, il était arrivé costumé en citrouille. Nous avions bien ri.

Après une série de HO! HO! HO! grave comme une contre-basse et une dernière série de HO! HO! HO! aiguë comme une clarinette, monsieur Bardin est enfin apparu : il s'était caché dans l'écran de l'ordinateur. Tous les élèves ont applaudi. Ma cousine s'est avancée devant l'ordinateur.

—Bravo, monsieur Bardin. Joyeux Noël! Nous sommes tous là. Que la fête commence!

Il portait une tuque de père Noël et un gigantesque noeud papillon qui lui cachait presque la figure. Mais c'était bien lui, l'air d'un roi de France, les yeux brillants et moqueurs. Lucky s'est assis devant l'écran, comme s'il écoutait la télévision. Il aime bien regarder les courses automobiles avec mon père et les matchs de tennis avec ma mère.

Monsieur Bardin a soulevé sa tuque un instant. Sur sa tête, il y avait un tout petit harmonica. Il l'a pris et nous a joué Jingle Bells, Jingle Bells. Nous avons chanté en choeur. Lucky chantait aussi… enfin, du mieux qu'il pouvait.

À la fin de la chanson, monsieur Bardin a avalé son harmonica comme un bonbon. Puis, il nous a donné des nouvelles règles :

—Règle 1-26 : enfilez tous le chandail qui est sur le dossier de votre chaise.

En une minute nous sommes devenus : ABCDEFGHIJKLMN OPQRSTUVWXYZ.

Depuis notre premier jour d'école, nous avions appris à lire et à écrire. Le directeur n'en revenait pas : tout ça en seulement quatre mois ! Il devait y avoir une ASTUCE quelque part ! Sans devoirs à la maison, avec le droit de faire la sieste dix minutes le matin et dix minutes l'après-midi, avec nos concours de gommes balounes, sans horloge dans la classe, avec nos animaux… Le directeur était trèèèèèès impressionnnnnnnné.

—Les lettres sont comme un trésor, avait déclaré monsieur Bardin, le jour de la rentrée. Avec 26 lettres, vous pouvez tout faire. Et quand je dis tout faire, je veux dire faire ABSO-LUMENT TOUT. Tout découvrir, tout rêver, tout inventer, tout dire, tout apprendre, tout désap-prendre, tout connaître, tout oublier, tout expérimenter, tout oser, tout imaginer, tout vivre,

tout créer, tout-ab-so-lu-ment-
tout... Chaque lettre est un bijou
extraordinaire qui ne coûte rien.
Prenez soin de toutes vos lettres comme de toutes vos dents.

Moi, je savais déjà lire et
écrire. Monsieur Bardin m'avait
désigné comme son assistant.
J'avais aidé Anne-Sophie à ne
pas mêler les b et les d, les p et
les q. Une chance que notre
alphabet ne compte que 26 let-

tres! Monsieur Bardin nous avait annoncé que la langue chinoise comptait plus de 5 000 signes! Je me demande combien d'années d'école il faut faire avant de pouvoir écrire son nom!

Monsieur Bardin avait l'air de nous observer à travers l'écran cathodique. Il nous souriait.

—Règle 2 X 13 = 26 : divisez-vous en deux groupes égaux. De A à M et de N à Z.

Nous avons formé deux lignes droites devant l'ordinateur.

—Et maintenant, cherchez dans l'école les deux trésors de chaque lettre. Le groupe A-M doit d'abord chercher ses trésors dans le gymnase, pendant que le groupe N-Z va dans la bibliothèque. Dans vingt minutes, les groupes vont changer de local. Avant de partir, amigos, réglons nos montres. Il est neuf heures quinze minutes et trente-trois secondes. Top! Rendez-vous dans la classe à neuf heures cinquante-cinq minutes et trente-quatre secondes! ALLEZ-YYYYY!

4

Une biblio de rêve

Nous sommes partis à l'aventure. Notre école n'avait plus l'air d'une école, elle était devenue un château de cartes. Les corridors ressemblaient à de grands chemins et les escaliers à des donjons. Même la porte de la bibliothèque avait l'air d'un passage secret.

En arrivant, nous avons eu toute une surprise : monsieur Bardin avait découpé des personnages géants en carton. Des personnages grandeur nature, qui nous attendaient dans les allées de livres.

—Merci, monsieur Bardin, c'est un super cadeau. *Full* super *cool*, a dit ma cousine Anne-Sophie ; ils sont comme des amis de notre âge.

Monsieur Bardin avait écrit le nom des personnages en lettres majuscules. Il y avait vingt-six héros et héroïnes, avec quelques animaux en prime : chaque élève devait prendre un personnage avec lui. La règle HH-26 était écrite au tableau de la bibliothèque : trouver la lettre de notre chandail dans le nom d'un personnage :

Harry Potter
Le Petit Chaperon rouge
Caillou
Bibi
Geneviève
Ulysse
Astérix
Obélix avec son chien Idéfix
Tintin avec son chien Milou
Bécassine
Snoopy

Lucky Luke
Sophie et ses malheurs
Bugs Bunny
Clifford
Barney
Cendrillon
Blanche-Neige
Mickey Mouse
Donald Duck
Road Runner
Popeye
Garfield
Tarzan
Le Petit Poucet
Le Prince charmant

La lettre Y se retrouvait dans plusieurs noms. J'ai choisi Ulysse. C'est un grand voyageur et j'aime ses aventures à la télé, le samedi matin. Lucky s'était assis à côté de lui et lui léchait les pieds. Bon chien-chien.

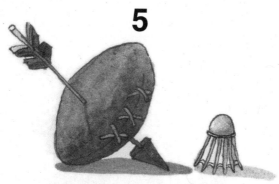

5

Un gymnase olympique

Après vingt minutes, nous sommes allés dans le gymnase. Une autre surprise nous attendait. Monsieur Bardin avait accroché partout des articles de sports :

des ballons de soccer
des ballons de football
des ballons de basket-ball
des ballons de volley-ball
des bâtons de base-ball

des bâtons de hockey
des skis de fond
des patins
des javelots
un bicycle
des espadrilles de sprinter

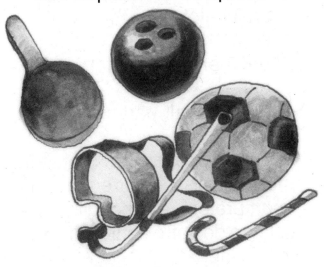

un arc et des flèches
des balles de tennis
des raquettes de tennis
des balles de ping-pong
des fléchettes
des raquettes de ping-pong

des moineaux de badminton
des raquettes de squash
des cordes d'alpinisme
de la crème solaire
une luge
un disque
un javelot
un marteau à lancer
une perche à sauter
etc.

Il y en avait partout, partout, partout.

La règle SportS-365 était au mur: choisissez votre article de sport préféré, à la condition que la lettre de votre t-shirt figure sur l'étiquette.

Nous avons commencé à grimper pour attraper les gants et les ballons. Il fallait se dépêcher. Anne-Sophie a choisi le sport le plus tranquille, celui de la crème solaire numéro 50. Elle

adore se faire bronzer au lac Simon, *full* soleil.

Moi, j'ai choisi un bâton de hockey. J'aime bien jouer avec Lucky sur la patinoire de l'école.

Ah! Lucky mon bon chien-chien. Il continuait de lécher les pieds d'Ulysse. Monsieur Bardin avait-il sucré les orteils du grand voyageur?

6

TOP MARGUERITE

À neuf heures cinquante-cinq minutes et trente-quatre secondes, nous étions de retour dans la classe. Monsieur Bardin nous attendait en tenue de soirée. Lucky lui a donné la papatte pour lui souhaiter Joyeux Noël.

—Maintenant que vous avez trouvé vos trésors, voici vos cadeaux.

Monsieur Bardin a ouvert la grande armoire et il en a sorti un panier d'épicerie rempli de livres. Il avait trouvé un livre sur chaque personnage de la bibliothèque.

J'avais enfin en main l'histoire de cet Ulysse qui a fait un beau voyage sur la Méditerranée. Ah! merci bien, monsieur Bardin, vous faites des cadeaux comme un vrai père Noël.

Puis, monsieur Bardin nous a demandé de mettre nos tuques, nos mitaines et notre foulard.

—Noël, mes amis, c'est la fête du pôle Nord. Et là-bas, on n'entend rien que le vent sur la neige. Pour bien l'entendre, il faut garder le silence.

Toute la classe s'est tue. Même Lucky retenait son souffle.

—Maintenant, je vous demande de fermer les yeux.

Nous avons entendu monsieur Bardin ouvrir la fenêtre

près de son bureau. Le vent du Nord s'est mis à siffler. Il chantait comme un loup dans la nuit.

—Maintenant, ouvrez les yeux

Lucky jappait de joie. Dehors, dans la fenêtre, il y avait une petite madame en skis de fond. Monsieur Bardin l'aidait à entrer dans la classe.

—Mes chers enfants, j'ai le plaisir de vous présenter la plus formidable des skieuses que je connaisse : mon amie Marguerite Bouley ! Je vous ai souvent parlé d'elle. C'est elle qui m'a appris à compter, à faire pousser du trèfle à quatre feuilles et à préparer des omelettes aux sardines. Elle avait promis de venir vous montrer son jeune coeur tout neuf. C'est pour elle que j'ai donné du sang le jour de la rentrée.

La petite dame énergique a détaché ses skis et a retiré son anorak. Elle avait la figure toute rouge à cause du froid de canard qu'il faisait dehors. Comme son ancien élève monsieur Bardin, elle n'avait pas la langue dans sa poche.

—Il paraît que j'ai 90 ans, mais je ne le crois pas. Avec le nouveau coeur que l'on m'a transplanté et le nouveau sang que votre professeur m'a donné, je vais dépasser 150 ans. Je suis venue fêter Noël avec vous et monsieur Bardin. Je me sens plus jeune que jamais. Et comme c'est Noël, mes enfants, je mangerais bien le petit bout d'une petite aile de dinde.

Nous avons applaudi de joie et nous sommes allés l'embrasser.

—Joyeux Noël Marguerite!

—Nous te souhaitons du bon temps jusqu'à 150 ans.

—Et le paradis à la fin de tes jours, Marguerite!

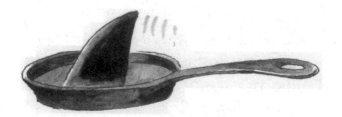

La recette du bonheur aux pommes

Monsieur Bardin nous a invités à passer à table. Nous avions gardé notre appétit du matin pour l'école.

Quand nous sommes arrivés dans la cuisine de l'école, un véritable banquet nous attendait.

—Marguerite et moi, nous vous avons préparé une petite collation… HO! HO! HO!

—Pas une petite collation, mes enfants. Une énoooooooorme bouffe...

Il y en avait pour tous les goûts. De l'omelette aux sardines, des champignons farcis au requin, de la salade de pissenlits, des langues de serins aux atocas, des patates noires au sirop d'érable, de la confiture au chou rouge, de la crème glacée au riz, du jus d'échalote, du tofu aux pivoines, des fajitas au pamplemousse…

Il y en avait partout, partout. Ça sentait bon le clou de girofle et la fleur d'oranger. Monsieur Bardin avait attaché au plafond de la cuisine des petits canapés au fromage de tortue que l'on pouvait manger debout…

Au centre de la table, trônait, magnifique, une dinde dorée qui faisait saliver Lucky. C'était donc elle qui avait parfumé toute l'école! Monsieur Bardin lui avait fait une petite tuque de Noël en papier d'aluminium et un pompon de cinq étoiles!

— Le bonheur, mes amis, c'est de faire cuire une dinde pour ceux qu'on aime. Et celle-ci, je l'ai farcie avec les pommes Fameuses de Frelighsburg. Les enfants, je vous souhaite bon appétit.

Marguerite a été la première à se servir. Elle a pris le bout de l'aile gauche, et j'ai pris le bout de l'aile droite. Moi aussi, j'ai un faible pour les ailes. Mon père dit que je vais devenir zzz-ailé!

Marguerite nous a fait rire avec un proverbe anglais.

—Rule december / twenty-fifth : *An apple a day keeps the doctor away.*

Ma cousine Anne-Sophie a traduit le proverbe en deux secondes et trois dixièmes :

—Une pomme par jour éloigne le docteur pour toujours.

— Yeah! Vive les pommes de monsieur Bardin! Et vive les proverbes de Marguerite!

Nous avons mangé en rigolant, Lucky se faisait donner de petits morceaux de dinde, il était aux anges.

Au dessert, monsieur Bardin a enlevé la veste de son smoking.

— J'ai une dernière surprise pour vous.

Tout le monde a fait silence.

— Une surprise qui me surprend moi-même.

Cette surprise-là, je croyais la connaître. J'ai fait un clin d'oeil à Lucky et à monsieur Bardin.

— Au début de l'année, j'avais demandé à l'un de mes amis d'apprendre le tango à une famille de puces que j'ai rapportées de Bourges. Je les avais laissées en pension chez lui et je suis allé les chercher hier soir.

Il a alors sorti sa fameuse valise, qui en contenait une plus petite, qui en contenait une plus petite encore, jusqu'à la boîte miniature qu'il avait remise à mon père, le fameux soir où il était venu souper.

Il a ouvert la dernière boîte doucement, comme s'il ne voulait pas faire de bruit.

—Mes puces savent danser le tango, bravo! Mais elles m'ont aussi fait un cadeau : je suis devenu grand-père durant la nuit

de Noël. Un couple de mes puces a eu un petit bébé puce au cours de la nuit.

En nous approchant, nous avons tous vu qu'il y avait une petite crèche miniminiminiminiature, où dormait la puce dernière-née.

—Un puceron de Noël, monsieur Bard*on*...

—Oui, Anne-Sophie, un *full* puceron pour monsieur *full* Bardon!

Nous avons tous applaudi. Le visage de monsieur Bardin était plein de lumière et Lucky léchait ses joues parce qu'il pleurait de bonheur.

—Les enfants, grâce à vous et à Marguerite, c'est le plus beau Noël de toute ma vie. Pour finir la fête en beauté, je vous propose de retourner en classe en courant dans les corridors, ce qui n'est pas permis normalement. À mon signal : un-deux-trois-GO !

Nous sommes partis comme 26 flèches à travers les corridors de l'école.

Lucky nous devançait tous.

En arrivant en classe, le summum des summums des summums nous attendait : sur chaque chaise était assis un père Noël, immobile, un vrai de vrai, en chair et en os. Nous en sommes restés bouche bée.

Imaginez un instant : 26 pères Noël en délire :

Un père Noël acadien avec un homard sur la tuque.

Un père Noël mexicain, avec un immense sombrero à pompons.

Un père Noël en dragon chinois.

Un père Noël haïtien habillé en coupe Stanley!

Un père Noël de France avec une tour Eiffel sur la tête.

Il y avait même un père Noël qui ressemblait au père d'Anne-Sophie, mononcle Claude, avec des raquettes de tennis attachées à ses bottes d'hiver!

Quand monsieur Bardin est arrivé à son tour, il a fait claquer ses doigts. Les lumières se sont éteintes et les 26 pères Noël ont allumé chacun une chandelle. Puis, ils ont entonné en choeur un immense

HOHOHOHOHOHOHOHOHO
HOHOHOHOHOHOHOHOHOHO
HOHOHOHOHOHOHOHOHOHO
HOHOHOHOHOHOHOHOHOHO
HOHOHOHOHOHOHOHOHOHO
HOHOHOHOHOHOHOHOHOHO
HOHOHOHOHOHOHOHOHOHO
HOHOHOHOHOHOHOHOHOHO
HOHOHOHOHOHOHOHOHOHO
HOHOHOHOHOHOHOHOHOHO
HOHOHO   HOHOH
HOHO   HOH
HOHO   HC
HOHO   OHO
HO   OH
                  OH
HOHOH
HOHO

HOHO
HOHOHOHOHOHOHOHOHO
HOHOOHOHOHOHOHOHOHOH!

52

HOHOHOHOHOHOHOHOHOHO
HOHOHOHOHOHOHOHOHOHO
HOHOHOHOHOHOHOHOHOHO
HOHOHOHOHOHOHOHOHOHO
HOHOHOHOHOHOHOHOHOHO
HOHOHOHOHOHOHO ! qui a
rempli toute l'école de son écho
sonore.

Notre classe avait l'air d'une
crèche illuminée.

—Joyeux Noël les enfants !

—Joyeux Noël monsieur
Bardin !

Pierre Filion

Pierre Filion a toujours rêvé de fêter Noël à l'école. C'est maintenant chose faite avec cette nouvelle histoire de monsieur Bardin, le père Noël des professeurs! Les amateurs de dinde farcie aux pommes de Frelighsburg ne seront pas déçus: langues de serins aux atocas et purée de papillons au menu. Menoum menoum!

Si Noël est la Fête des fêtes, c'est parce que petits et grands y trouvent leur conte et leur compte… Entre monsieur Bardin et les personnages qui dorment dans la bibliothèque de l'école, il n'y a plus de différences: tous aident les jeunes à vieillir et les moins jeunes à rajeunir.

Il paraît que monsieur Bardin mijote une nouvelle surprise. Le jour de la Saint-Valentin est aussi l'anniversaire de Jérémy. Il a l'intention d'organiser une nuit à la campagne et un concours de rêves avec l'aide du bon chien Lucky.

Stéphane Poulin

 HO! HO! HO! HO!
HO! HO! HO! HO!
HO! HO! HO! HO!
HO! HO! HO! HO!
HO! HO! HO! HO!
HO! HO! HO! HO! HO! HO!
HO! HO! HO! HO! HO! HO!
HO! HO! HO! HO! HO! HO!
HO! HO! HO! HO! HO! HO!
HO! HO! HO! HO! HO! HO!
HO! HO! HO! HO! HO! HO!
HO! HO! HO! HO! HO! HO!
HO! HO! HO! HO!... Après 17 années consacrées à illustrer des livres, ça fait du bien de rire un peu.

MA PETITE VACHE A MAL AUX PATTES

Imprimé sur du papier 100 % postconsommation, traité sans chlore, accrédité Éco-Logo et fait à partir de biogaz.

Achevé d'imprimer
sur les presses de
Marquis Imprimeur
en janvier 2007